U0004924

撒種人
SEEDFOLKS

保羅・佛萊希曼 Paul Fleischman /著
李毓昭 /譯　紅膠囊 /圖

晨星出版

目錄

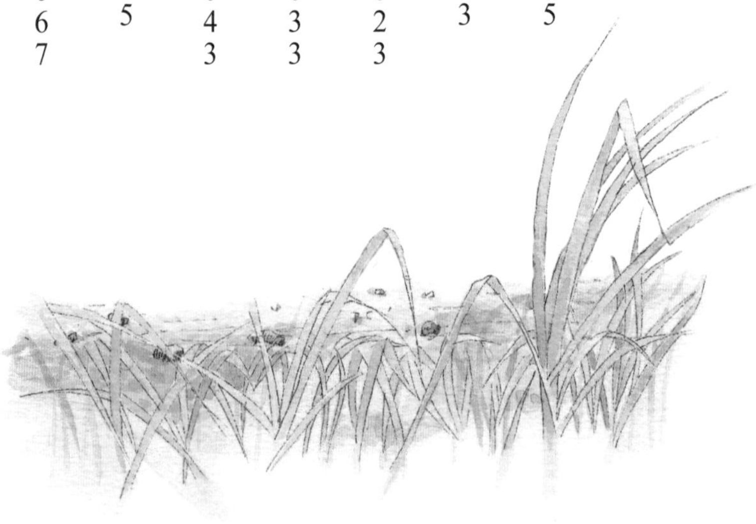

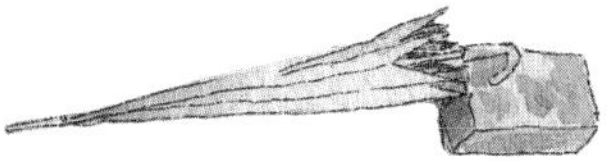

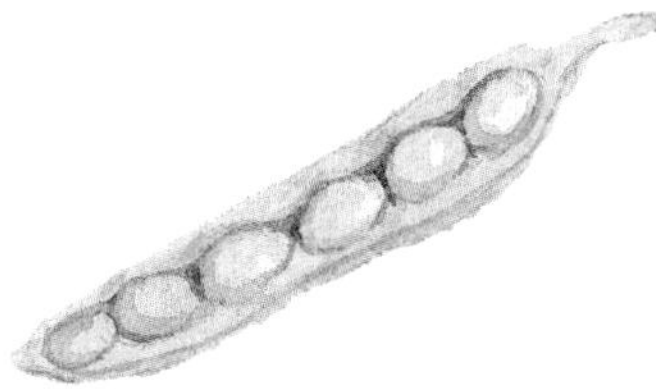

第一位

小靜的話

天剛亮，屋裡的人都還在睡覺。我站在家裡的祭壇前，凝視著父親的相片。他瘦瘦的臉看起來好嚴肅，嘴唇緊閉，兩隻眼睛一直瞥向右邊。我九歲了，卻還在期望他的眼睛也許會移動，然後注意到我。

昨天是父親的忌日，點燃的香燭已經燒完，供上的米飯和肉塊也撤走了。吃過豐富的晚餐，睡到半夜，我就被母親的哭聲吵醒。大姊跟著哭了起來，我的眼淚也流下來，可是我哭的原因和她們不一樣。

我從祭壇轉身，墊著腳尖走到廚房，很快的從抽屜拿出一支湯匙。把帶去學校的熱水瓶裝滿水，伸手在廣口瓶裡抓了一把利馬豆之後，我就出門走到街上去。

人行道上一個人影也沒有。這時是四月初的星期天，冰冷的風晃動著垃圾桶，把我的臉頰凍得僵硬。越南從來沒有這樣的天氣，而在美國的克利夫蘭這裡，人們卻說這是春天。走了半個街區，穿過街道，我來到一塊空地。

我站得直挺挺的，察看四周。沒有人在中間的舊沙發上睡覺。我以前不曾進來這裡，也沒有想過要這麼做，可是現在我來了，在廢棄輪胎和垃圾袋之間穿梭。差點踩到兩隻正在啃東西的老鼠時，我嚇得都呆住了。我對自己說，我得勇敢一點，然後繼續往前走，找到一個離人行道很遠的地方，而且有一台生鏽的電冰箱遮住，不會被人看見。我得小心一點啊。

我拿出湯匙開始挖。雖然雪融化了，可是地面還是很硬。我費了一番工夫，才挖出一個洞。然後我又挖了第二個、第三個洞，同時腦海裡直想著，母親和姊姊們都記得父親，知道從每一個角度看他的樣子，手指上也還留著和他牽手的感覺，我卻完全沒有這樣的記憶可以讓我哭泣。更慘的是，父親過世八個月之後我才出生，他根本不認識我。他的靈魂在家裡的祭壇上盤旋時，可會知道我是誰？

我總共挖了六個洞。父親在越南時是農夫，所以我想，雖然我們這裡的公寓沒有院子，不過他可以在那塊空地上看到我。他會望見我種的豆子蹦出地面長大，而且會很高興看到豆莢長得胖嘟嘟的。我要用行動表示，我跟他一樣會種植物，讓他知道我是他的女兒。

去年我們班上曾經用紙杯種過利馬豆，現在我就把同樣的豆子放進各個洞裡，用土蓋起來，再用指尖把土壓實。我打開熱水瓶，在每個洞上面澆水，然後在心裡念著，這些豆子一定會長得又高又壯。

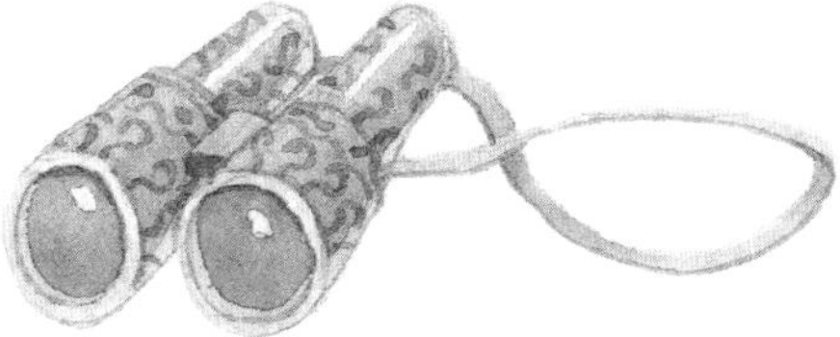

第二位　安娜的話

我真的很喜歡坐下來看著窗外。既然我可以越過空地，看到四十八扇窗戶和一小片伊利湖，我還需要電視機做什麼？我從這扇窗看見了歷史，望見了太多景象。

我們家是在一九一九年搬來這裡的，那時我才四歲。以前有賣水果的二輪車和載煤炭的四輪貨車由馬匹拉著，在街上行駛。我那時也是站在這個位置，看著從格羅扎村來的俊俏小夥子運送煤炭。我的雙親也都是在格羅扎村出生的。以前吉布街的居民多半是羅馬尼亞人，去商店買完東西時，商家都會對你說「阿迪歐」，意思是「再見」。後來羅馬尼亞人就開始往外移，他們不是最早來的，也不是最後走的。

這裡向來都是勞工階級居住的社區，如同一處便宜的旅館，你在裡面待到積蓄夠了就會離開。接著有許多斯洛伐克人和義大利人搬進來，而在經濟蕭條時期則是黑人家庭的天下。吉布街變成了隔開黑人區和白人區的分界線，就像是國與國之間的邊界。這些轉變我都是從這扇窗戶看到的。

我過去在克利夫蘭海茲住了十八年，後來才搬回來照顧父母。那條邊界也鬆動了，幾乎所有白人都已經離開。接著製鋼廠和大小工廠也陸續關閉，什麼人都走了，跟老鼠一樣。到處都是廢棄的空屋。失業的男人改成朝九晚五地酗酒，就在那塊空地上喝。人們互相殺戮，警笛經常嗡嗡作響。

現在我看到一個個家庭來自墨西哥、哥倫比亞和我不知道的國家，有時一間公寓就住了十二個人。

在商店購物或走在街道上，常聽得見陌生的語言。這些新來的人等到經濟許可時也會離開，就跟之前的人一樣。我是唯一留下來的人，就像現在這樣，留下來望著同樣的一扇窗。

今年春天我一往外面張望，就看到有件事情不太尋常。下面的空地上，有個黑髮小女孩躲在那個電冰箱後面。她在翻動泥土，而且一直在東張西望，鬼鬼祟祟的。我察覺到，她是在埋什麼東西。

我不曾有過小孩，不過在這一帶我看得可多了，我想她一定是涉及了什麼勾當。再說我在法院的假釋部門打字打了二十年，很清楚她會埋什麼。最有可能的是毒品，不然就是錢，或是一把槍。不久她就消失了，如同一隻兔子。

我本來想報警，可是第二天我又看到她在那裡，就決定自己來解決這件事。後來好長一段時期都在下雨，她都沒有出現。等到天氣變暖和了，我又看到她兩次，都是在早上，大概是去上學時順便來的。她蹲下來背對著我，我看不到她在做什麼。這愈發煽起我的好奇心。

有天早上，她又在那裡四下張望，然後直接往我這扇窗看過來。我連忙把頭縮回，藏在窗簾後面。我不確定她是不是看到了我。如果她看到我，應該就不會把她的寶貝埋太久。我知道我必須搶在她之前把東西挖出來。

等她走了一個小時，我才拿著一把舊奶油刀，拄著拐杖，蹣跚地走下三個樓層的階梯。我繞過堆得亂七八糟的垃圾，來到她的祕密地點，彎下腰去瞧。

那裡溼溼的，很容易挖掘。我又挖又剷，卻什麼也沒發現，除了一顆大大的白豆子。換了一個位置挖，結果也是一樣，然後我又試了另一個位置。

這個事實給了我一個當頭棒喝，我自言自語：「妳在幹啥呀？」有兩顆豆子長根了。我知道自己的舉動已經傷害了它們，覺得自己好像偷看了那個小女孩的祕密日記，而且還在無意中撕毀了其中一頁。我輕柔地把那些豆子放回洞裡，彷彿它們是熟睡的嬰兒，然後盡量把上面的泥土拍平。

隔天早上，她又來了。我從窗簾窺探她。她沒有抬頭看這裡，也沒有顯出發覺情況不對的樣子。這次我看清楚了，她一隻手伸進書包，拿出一個水瓶，扭開蓋子，把水倒在地上。

那天下午，我就去買了一個望遠鏡。

第三位　溫德爾的話

我家的電話很少響，正合我意。兒子被槍殺死在街上時，警方就是用電話通知我的。還有去年內人發生車禍，我也是在電話中得知。所以一聽到電話鈴，我就會心悸。安娜打電話來時，我還在睡覺。被電話吵醒實在是很討厭。

「快過來這裡！」她說。我住在一樓，偶爾會照顧她。在這棟公寓，只剩下我和她是白人了。我衝上樓梯，覺得事情可能很嚴重，祈禱不會發現她過世了。到了她那裡，她卻看起來精神飽滿，還把我拉到窗戶旁邊。「看那裡！」她說。「它們快死了！」

「什麼？」我對她喊。

「那些植物！」她說。

我氣壞了。她叫我用望遠鏡看，還告訴我那個華人女孩的事情。我找到那些植物，調好焦距，發現總共有四棵排成一列，還只有一丁點大，已經枯萎了，葉子垂落到地面。

「那是什麼？」她問。

「一種豆子。」我是在肯塔基州的一個小農莊長大的。「可是她種得太早了，種子能夠冒出來已經算是幸運的。」

「可是它們真的冒出來了，得靠我們去挽救。」安娜說。

那是五月中的一個週末，天氣很熱。安娜那副樣子好像豆子就是她種的，滔滔不絕地說，它們需要澆水，尤其是在這種大熱天；那個女孩已經四天沒有來，可能生病或搬家了；她本人扭傷了腳踝，不能上下樓梯。最後她指著一個水壺說：「把那個裝滿，去把那些植物澆一澆。現在就去。」

我是學校的工友，已經整個星期都在聽人使喚了，竟然連週末也要受這種氣。我瞪了她好一會兒，才慢條斯里地拿水壺裝水。

我走下樓梯，走到空地，找到女孩的植物。豆子應該在天氣轉熱的時候下種才對。我發現為什麼她的豆子不會凍死了，原來前面的電冰箱把日光反射到泥土上，像暖爐一樣溫熱了地表。我彎下身，用手去感覺土質。土硬得糾成一團，顏色很淡。我接著對植物端詳了一番。葉子形狀很像撲克牌的黑桃，是豆子沒錯。我在第一棵植物的周圍攏起一圈泥土，這樣子可以承接水分或可能落下的雨水。拿起水壺，慢慢澆灌時，我聽到有什麼東西在附近走動，是那個女孩，她站在離我兩、三公尺的地方動也不動，手上拿著她的水瓶。

由於之前沒有看到我在冰箱後面，她顯得驚慌失措，也許她以為我會跳起來抓住她。我對她微笑，用動作讓她知道我正在為她的植物澆水。這麼一來，她

的眼睛睜得更大了。我慢慢站起來，往後退開，再一次對她微笑，她看著我走開。我們完全沒有交談。

當天晚上，我又回到那裡，檢查那些豆子。它們已經恢復精神，看起來還不錯。我發現她也為其他三棵植物圍起了一圈泥土。突然聖經裡的一節話閃進我的腦海：「一個小孩將要帶領他們」。

起先我不知道為什麼，後來就明白了。我這一生有很多事情改變不了，不能使死者復生，無法讓這個世界充滿溫情和友善，也沒辦法使自己變成百萬富翁。可是如果是垃圾堆裡的一小塊地面，就沒有問題了，我可以大大改變它。與其整天為其他事情唉聲嘆氣，不如把時間花在這上面。那個年幼的小學女生告訴了我這一點。

這塊空地的三邊有公寓圍著。我繞了一下，為自己選了一塊日照良好的位置。我把廢棄物拖到一邊，扔掉最大片的玻璃，然後檢查這塊土地，蹲下來，用手指撫弄了泥土一會兒。

接下來的星期一，我從學校借了一把鐵鍬回家。

第四位　功扎洛的話

搬來美國以後，大人就變成小孩，小孩就變成大人了。

這個定律學校不會教。我國二的數學老師史莫茲先生有副好頭腦，卻沒有聽說過這個定律，代數課本裡也沒有說明。這叫做嘉西亞定律，我就是嘉西亞。

我和父親從瓜地馬拉搬來這裡兩年了，我也學會了講英語。我是在遊樂場上學的，當然也看了許許多多的電視節目。別相信一般人說的那一套，其實卡通會讓你更聰明。可是我父親在餐館工作，整天在廚房和墨西哥人、薩爾瓦多人在一起，英語比幼稚園小孩還破。他只去同一街區的雜貨店買食物，出了那裡，他就會垂著眼睛走路，有人搭話就用含糊的話語和微笑應付。他不想讓陌生人聽見他說錯話，所以他叫我接電話、和房東太太打交道，或是去必須講英語的商店買東西。他變小，我變大了。

後來我的小弟弟和母親，還有提歐莊舅公也北上加入我們的生活。提歐莊舅公在普埃布羅部落裡是最年長的，可是來到這裡，他就變成了一個小嬰兒。他以前是農夫，可是在這裡他沒辦法工作，也不能坐在廣場上和人聊天，別說這裡沒有什麼廣場，在公共場所坐著也可能成為靶子，被開車經過的幫派分子拿來練習射擊。他也看不懂電視節目，只能整天在公寓裡閒晃，在各個房間進進出出，自言自語，好像包著尿布的小孩。

有天早上，他晃到外面，走上街道，讓母親差點暈倒。他不會說西班牙語，只會講印地安土話。

我好不容易才找到他，他就站在一家美容院前面，透過玻璃櫥窗，盯著一個頭上頂著乾髮器的女人。他一定在懷疑，他搬到什麼古怪的星球上來了。我牽著他的手領他回家，好像他是三歲小孩。從此之後，一放學回家我就要負責看著他。

有天下午我在看電視，打算藉著〈瑞迪一家人〉這個節目讓自己變得更聰明，誰知一抬頭，就發現他不見了。整棟五層公寓的走廊我都找遍了，跑到街上去，也沒有看到他在雜貨店或當鋪裡。我喊他的名字，想像萬一他掉進下水道的出入孔，或是被車子撞到了，母親會有什麼反應。我轉過街角，尋找他向來戴著的白色草帽。過了兩個街區，我終於看到他站在一塊空地前面，正在對著一個握著鐵鍬的男人比手劃腳。

我穿過人行道，牽起他的手，他卻拉著我繞過廢棄物，走進那塊空地。我認出那個握著鐵鍬的男人，他是我們學校的工友，已經闢出一小塊菜園，裡面長著成排不同形狀的綠葉。提歐莊舅公面帶笑容，試著要告訴他什麼，可是那個男的聽不懂，回頭繼續挖他的土。我把提歐莊舅公轉了個身，帶他回家。

當晚他告訴母親整件事情，她是唯一聽得懂他在說什麼的人。第二天她下班回來時，要我帶舅公回到那個地方。我照做了。他研究太陽的方位，接著又研究泥土，用手碰觸泥土，聞它的味道，甚至嚐了一下。他選了一塊離人行道不太遠的位置。之前，母親在轉乘公車時，已經在園藝店為他買了一個泥刀和四袋種子。他翻土，我則把廢棄物清除掉。

我真希望我們的位置能夠離街道遠一點，也祈禱我的朋友、女友或敵人不會看到我。舅公根本不在意任何人，他全副精神都放在工作上。

他明確地教我每一壟地要距離多遠，種子要撒多深。他看不懂種子袋上的字，可是他可以從上面的照片知道裡面裝的是什麼。他把種子倒在手掌心裡，露出笑容。他似乎認得它們，如同認識老朋友。看著舅公小心地把種子撒在他理出的泥土凹處，我發覺自己對種植食物一竅不通，舅公卻什麼都知道。

我注視著他忙碌的指頭，還有他的眼睛。他兩眼定在土地上，不再茫然或迷惘。他已經恢復了成年男性的身分，不是一個嬰兒了。

第五位　里歐娜的話

媽媽信任醫師，但是奶奶怎麼也不信，就算是黑人醫師也一樣。真的。她住亞特蘭大，我就是在她的房子裡長大的。她每天早上都要喝下一大杯秋麒麟草茶，上面漂浮著豆蔻，宣稱她不需要其他藥物。貝斯醫生曾要她去買鐵劑，還直接了當地告訴她，那種茶會使她的血壓升高，心臟爆開。可是那年夏天貝斯醫生就死了。

第二個醫師說那種茶會造成腦炎，這個醫師也在五十歲生日時離開了這個世界，我猜想，就是在他的生日宴會當場。後來的葬禮還辦得相當隆重。至於奶奶，倒是一直活到九十九歲，如果依她的算法的話。她保有一本剪貼簿，上面貼著所有死去醫師的訃聞，而且可以靠記憶唸出他們的名字，如同創世紀裡的一章。過去這些年來，我們不曉得參加了幾次醫師的葬禮，她每次都會在他們的墓地上放一把秋麒麟草。

有一天我一邊想念著她，一邊從吉布街的雜貨店走回家。來到一塊空地上，看到三個人站在不同的位置上，我心想，他們可能在找錢，可是他們手上拿的是鐵鍬，而不是金屬探測器。後來看到他們都闢出了一個菜園，我便自言自語：「我也要在這裡種一畦秋麒麟草。」

有一個男的站在人行道上觀望，還有一個女孩從一扇窗戶往下看。這一帶可能有很多居民想要種東西，就跟我一樣。於是我仔細看了看堆在地上的所有垃圾。不曉得為什麼有人把這裡叫做「空地」。垃圾堆有我的腰部那麼高，有些是附近的人扔的，有些應該是外地人丟過來的。這種人要不是不想為倒垃圾花錢，就是想要偷偷處置危險的化學廢棄物，不然就是覺得，反正我們這裡已經這麼髒亂了，再多一堆垃圾也無妨；既然市政府不肯幫我們清垃圾，我們就自己送過來。這裡臭氣薰天，夏天更是嚴重。那些耕種的人只能在裡面勉強騰出一些位置。我知道，除非清走這堆廢物，否則沒有幾個人能夠跟進。看著這個地方，我心裡盤算著，這事情不是手推車解決得了的，非仰賴電話不可，於是就快步走回家。

我有兩個念高中的孩子，他們校園裡的槍枝比書本還多，所以我知道怎麼跟官員申訴，告訴他們什麼事情需要改善。隔天是星期一，早上九點鐘，我就喝了一大杯水，因為我知道待會兒打電話給政府機構時，可能要跟十五個或二十個人重複同樣的話。我在CD音響放上邁爾斯的音樂，然後輕鬆躺在床上。既然會有人在電話中叫你等著，不如先讓自己舒服一點。我翻開電話簿，開始撥號。

你可曾靠近一個薩克斯風演奏者，看他表演？

他們按下一個鈕，就會使樂器另一端的鈕跟著動。這就是我想做的事情——按下使垃圾消失的鈕。我先試打克利夫蘭市，然後是庫亞何加郡、俄亥俄州，以及聯邦政府。經過了六個半小時，我終於知道那塊空地是屬於市政府所有，可是管理市政的人不會過來這裡，除非他們哪天走高速公路時下錯了交流道。從市政府到我們這個社區的距離簡直遠得無法用公里數來計算。

同樣的，第二天我又繼續努力。市政府的服務台告訴我要打給公共衛生課，於是把我的電話轉走了。他們都被訓練得跟蛇一樣滑溜，出去吃午餐也就算了，接到留言也不回電話，不然就是讓市民拿著話筒等到頭髮白了人也死了。我有一種感覺，我並沒有比較接近那個按鈕，反而離它越來越遠。到了第三天，我突然想到，政府官員和你講電話時，你什麼都不是，只是一道聲音而已。而當你拿著話筒等待時，你甚至沒機會出聲。我得讓他們知道我是個人。

那天早上，我坐公車去市區，直接走進公共衛生課，對穿得漂漂亮亮的接待員重複一遍垃圾的事情。我就站在她前面說話，讓她清楚看到我的人，聽到我的聲音。她只是叫我和其他人一樣坐下來等。我照做了，然後打開一包垃圾，那是我來這裡之前在那塊空地上撿的。

這包東西的氣味會讓你想起豬圈、蛆，以及尼克森總統當政時的廚餘。大家很快就注意到它了，包括那個接待員，真是令人驚訝。而更驚訝的是，我很快就被叫去和某個人談話。現在對他們來說，我是活生生的一個人了。我一路帶著那包東西走進辦公室，好繼續當一個人。

ADDRESS
NOTE

第六位　山姆的話

看到一群人在人行道上張望，我便走過去加入他們，好像一隻貓聞到了魚腥味。一些穿著連身服的男人正在清理空地，我猜他們是從監獄來的。太令人驚訝了。

旁邊的女人告訴我，任何人都可以來這塊地種東西，這更是令人難以置信。我不禁脫口說：「天堂。」那個女人一臉疑惑地看著我。

研究詞語是我的興趣。因為空地有三面牆圍著，接近人行道的地方還有一塊青翠的菜園，我告訴那個女人，「天堂」本來是波斯語，意思是「有牆圍起的公園」。這回她微微露出笑容，我也報以微笑。我的工作就是這個。

看過漁夫補魚網嗎？那就是我在做的事情，只不過我是在人群裡做。我以前曾滿懷熱誠，想要補綴整個世界。三十六年來，我為各種不同的團體工作過，鼓吹成立世界政府、召開反戰會議、在信封裡裝宣傳資料、募款等等。

我現在並沒有停止戰鬥，只是把戰場從整個

星球移到克利夫蘭這個角落。有時候我覺得，退休之後我對這個世界的貢獻反而比較多。我都做些什麼？我對人微笑，特別是黑人和從外國來的人。我讓他們抬頭看我，而不是低著頭或退到一邊去。我會在排隊時和別人搭訕，在公車上或收銀台前也會。人們會覺得我很友善，和他們所知道的白人或猶太人不一樣。如果我夠幸運，我還可以促使他們彼此交談。這就是我的目的，填補人與人之間的空隙。

小時候我種過東西，後來就沒有了，現在我想再試試看。只是現在年紀將近七十八歲，已經沒有體力挖土，因此我雇了一個波多黎各少年，他說他知道可以去哪裡弄來鐵鍬。他很清楚，要好好幹活才能拿到錢，所以他努力翻土，直到一把抓起時，泥土會從指尖流瀉而出。除了豐厚的酬勞，我還讓給他一畦地。他想種大麻，因為可以賣錢，真是十足的生意人。我們為這件事談了一會，最後他妥協改種南瓜，因為我跟他分析了萬聖節時可以賺到的利潤，何況還有避免被關進監牢的優點。這孩子剛搬到這裡不久，我們愉快地閒聊，在涼爽的黃昏，蹲在那裡播種，四周還有一些人也在工作，伴著一隻知更鳥洪亮的鳴啼，對我來說，我們似乎就在天堂裡，一個小型的伊甸園。

不過，根據聖經，伊甸園有一條河流經過，這裡卻沒有。附近甚至連一個水龍頭也沒有。由於缺乏水源，人們必須用桶子、牛奶瓶或汽水罐，從自己家裡帶水過來。水重得跟磚頭一樣，我是說真的，而新下的種子卻必須保持溼潤。整個六月只下了四天雨，結果呢？大家都跟苦力一樣彎著腰吁吁喘氣，有的還得走三、四個街區，兩手各提著可裝一加侖水的容器，不停在抱怨水的問題。至於我自己，則必須拜託一個小學三年級的孩子，幫我用手推車運過來。後來我就想到了那個比賽的點子。

除了水，我們還有其他問題。開闢菜園的人會對他們的朋友或親戚宣傳，說這塊地很廣大，還有很多空地可以用。可是，新來的人加入時，至少在一開始，他們通常都會挑選靠近熟人的地方。星期六是菜園最熱鬧的時候，有一次我站起來伸伸背脊，你猜我看到什麼？黑人都聚集在一邊，白人在另一頭，中美洲的人和亞裔則趨向後半部，只有少數例外。菜園是這個社區的翻版，我想我實在不必太驚訝。鴨子天生就是隻鴨子，不會是一隻鵝。每個種族都會聚在一起，說自己的語言，種植自己特殊的農作。有一個人甚至插上一支旗杆，讓菲律賓國旗在他的園地上空飄揚。

而垃圾的問題也沒有解決。旁邊有些公寓居民還是會把空地當成垃圾桶，習慣就是改不了。他們會把煙灰缸拿到窗戶外面倒，什麼東西都往下面扔。有一天一個瓶子掉下來，好像一塊隕石。一個男人把它撿起來，往瓶子掉下來的窗戶扔回去。一分鐘過後，又掉下來五個。我心想，接下來會不會是槍聲，感謝上天，結果只是一陣叫罵而已。

還有那個瘋癲的流浪漢，他以前都在中間的破沙發睡覺，現在還很懷念空地還是垃圾堆的時候。

他回來發現他的沙發被搬走時，就開始破壞別人的菜園，鬧得警察也過來了。

有些人開始擔心會有生人進來，因為他們正在等著豆子和蕃茄成熟。就在那個星期，有個男人把他的菜園用鐵絲網圍了起來，那網子有一點五公尺高，而且還附上一個小門和掛鎖。同樣那個星期，又有一個人圍起了籬笆，接著出現了第一個「非請勿入」的牌子，然後就是最保險的有刺鐵絲網了。

上帝創造了伊甸園，但是也用語言區隔人類，

使人無法團結起來建造通天的巴別塔。我們的菜園
已經從天堂恢復為原先的克利夫蘭。

第七位

薇吉爾的話

父親總是面帶笑容，腦筋裡卻在盤算別的事情。一些男的在清理那塊空地時，我和父親一起站在人行道上，看到一群老鼠四處逃竄。幾個混混踱了過來，他們平常老愛張揚自己的惡行惡狀，不料一隻老鼠衝到其中一個的褲管上，那傢伙馬上尖聲大叫，就像漫畫中的女人看到老鼠的模樣，而且叫得更大聲。他拚命甩動褲管，好像腳趾觸電了。

那隻老鼠跳下來，溜進下水道。我看了看父親，這才發現他根本沒有在注意老鼠，甚至連轉頭去看都沒有。他的視線完全放在已經清理乾淨的空地上，臉上還帶著一抹非常愉快的微笑。

以前在海地時，父親是公車司機，在這裡他改開計程車。那天晚上，他老遠開車到市區的另一邊，跟朋友借了兩把鐵鍬。

第二天是暑假的第一天，我本來計畫好好地睡到中午，好慶祝五年級從此成為過去，不料天還沒有亮，父親就把我搖醒。學校雖然在放假，菜園卻要開張了。

我們來到空地，選了一塊地方挖土。這裡的地特別硬，鐵鍬插下去，頂端好像會反彈，好像彈簧高蹺。我們試了三個地方，才找到最合意的。然後我們來來回回地走動，撿拾破玻璃，就像雞在啄食。撿完之後，就開始翻土。我們還一直挖出垃圾，譬如門閂、螺絲釘，還有碎磚塊。

我就是這樣找到項鍊盒的，那是一個心形盒子，都生鏽了，鍊子也斷了。我打開它，裡面是一張女孩相片。她是白人，神情顯得很悲傷，頭上的帽子有花裝飾。我把它留起來了，不知道為什麼沒有把它扔到我們放垃圾的地方。

好像過了好幾個小時，我們才弄好一塊地。休息了一會兒，父親問我準備好了沒，我以為他是說準備好要下種了，誰知不是，我們又換到另一塊地上，接著又是一塊，之後又弄了三塊。使父親露出微笑的可不是一小塊菜園，他要的是一個農場，好多賺點錢。我曾經看過一袋扁豆種子，希望我們要種的就是那個，因為扁豆會長很高，圖片裡的男人得站在梯子頂端才摘得到。

可是父親想的不是扁豆。他經常在開計程車時問乘客，怎樣才能變得有錢，有一個人告訴他，高級餐館願意出很高的價錢收購比一般還小的萵苣，好給有錢人做沙拉，而且越新鮮，價錢就越高。父親打算萵苣一採下來，就開他的計程車直奔餐館，必要的話也可以闖紅燈。

萵苣種子比沙粒還小。我覺得很不好意思，種了那麼多地，其他人的菜園都還沒有我們的四分之一大呢。

突然之間我看到芙蕾克小姐，她穿著牛仔褲，我差點認不出來。她是整個俄亥俄州最嚴格的老師，我三年級時的班導師就是她。她講話時，每個字母的音都發得一清二楚，而且對你也有同樣的要求。她個子很高，皮膚甚至比父親還黑。上她的課可不能彎腰駝背，當然也絕不能有無禮的舉動。其他老師好像也很怕她。我們撒完種子時，她就走過來了。

「嗨，薇吉爾，」她說，「妳好像開了一個大農場。」

這正是我害怕聽到的。我移開視線，垂頭看著我們的木棍，那是要插在地上，用繩子連起來，好把我們的地分成六個部分。我不知道自己為什麼會這樣，還好父親走向前來。

「小姐，事實上只有頭一塊是我們的，其他部分是親戚託我種的，他們沒有工具，而且住得比較遠。」父親帶著非常愉快的笑容說。他一定記得這個老師。

「哦，是嗎？」芙蕾克小姐說。

「是的，小姐。」父親說。他指著最旁邊的地說：「那是我弟弟安東尼的，旁邊是我嬸嬸安瑪莉的。」

我的眼睛睜得大大的。那兩個人都住在海地。我瞪著父親，可是他依然面帶微笑，手還繼續指向左邊。「我叔叔菲力普的」，他住在紐約；「我老丈人的」，他去年就死了；「還有我小姨子的」，母親是獨生女。我望著父親一臉的笑容，這是我第一次看到大人撒謊。

「那麼你那一大家族的人要你幫他們種什麼呢？」芙蕾克小姐問道。

「萵苣，」父親說，「全部都是萵苣。」

「真是湊巧。」她回應道。

她只是站了一會，就回她的菜園了。我很確定她不相信父親說的話，可是她又能怎樣呢，總不能叫他去見校長聽訓吧？

萵苣好像是家庭裡的新生兒，而我就是它的母親。早上如果父親還在外頭開車，我就要幫它澆水。它應該在七天之內就長出來，卻一點動靜也沒有，父親也不知道什麼原因，我們沒有一個人懂得種植。我在澆水時，有個戴著草帽，滿臉皺紋的老先生想要告訴我什麼，可是他說的話鐵定不是英語。直到萵苣不是呈直線長出，而是彎來彎去地冒出芽來，我才了解到他那時想要表達什麼。我澆水的方法不對，把種子沖散了。

芽一冒出來，就開始枯萎，好像嬰兒一直哭著要喝奶。我已經很受不了用購物推車運送一瓶瓶的水了，我又不是無家可歸的老太婆。不久天氣就變得很熱，萵苣葉子逐漸枯乾，有些還變成黃色，可見快要死了。

父親看到萵苣那個樣子，都快哭出來了。他會盡量抽空過來澆水，在計程車後座載運兩個五加侖的水桶，而不是乘客。後來蟲子開始在菜葉上吃出大窟窿，我看不出會有人願意跟我們買。父親已經答應我，等到我們賺夠了錢，就要幫我買一輛十八段變速的腳踏車。我一直在巴望著，而且也跟我的死黨說了。

針對面臨到的各種問題，父親也去請教了所有的乘客。他的計程車對他來說等於就是一間圖書館。終於有一個乘客告訴他，春天或秋天才適合種萵苣，夏天對萵苣來說太熱了。父親告訴我們時，臉上並沒有笑容。

我實在不能接受這個事實，踩了腳就跑到外面去。我感覺得到那輛十八段變速腳踏車正在溜走。

小孩子說謊或犯錯是很常見的，可是大人怎麼可以這樣。我好氣父親，後來又覺得他有點可憐。

那天晚上，我拿出那個項鍊盒，打開它，盯著裡面的相片。我們那年在學校念過希臘神話，書上說，大地和豐收的女神有悲傷的表情，全身還有花朵裝飾，恰好和項鍊盒裡的女孩一樣。我用洗碗盤的刷子把盒子上的鏽清掉，儘可能把它擦得亮晶晶的。然後把盒子打開一條縫隙，對那個女孩輕聲說道：「請保佑我們的萵苣。」

第八位　賽揚的話

小時候家裡經常有很多人。我們家有五個姐妹，都會帶許多朋友回來，我也一直都很喜歡和很多人在一起。後來我和丈夫離開韓國，來到美國工作。

我們買了一間乾洗店，就住在店的附近。乾洗店比餐館輕鬆，不需要講太多英語，而且一星期只要工作六天。我們夫妻倆一起工作，從早上七點到晚上七點。晚上我還幫人修改衣服，希望盡量存錢，讓小孩進大學，這樣他們的生活才不用那麼辛苦。

可是，一直都沒有小孩來報到，我們期待了很多年，還是生不出來。後來我丈夫死了，是心臟病發作，才三十七歲而已。現在我無依無靠，幸好還有一些朋友。店裡則雇用一名女性，繼續營業。

有一天傍晚，她離開之後，一個男的走進來，拿著一件外套說要乾洗，那件外套裡面有一把槍。他搶了錢，還把我推倒，對我大聲叫罵，用詞很髒，然後踢我的臉，我的顴骨因此斷裂。他再次踢我，我的頭撞到牆壁，就昏過去了。

醒來之後，我就不再像以前那樣喜歡和別人在一起了。我隨時隨地都在害怕，怕每一個人。有兩個月我沒有離開公寓，都是鄰居幫我去商店買食物。有人敲門我也不開，即使是朋友，除非是幫我買來食物的人。連隨著人群走在人行道上，我都會有恐懼感。

我雇了一個韓國人管理乾洗店，自己再也沒有踏進店門一步。

那件事是兩年前發生的，慢慢的，我好一點了，可以自己去商店買東西，可是起初也是匆匆買完就走，後來就可以不那麼緊張了。日子過得很寂寞，可是我還是很害怕。有一天，我經過了菜園。

一個越南女孩正在那裡採摘肥嫩的利馬豆，還有一個男人隔著成排的玉米和一個女人講話。聽到男的說他的妻子送給他鋤頭當生日禮物時，我便又開始想和許多人在一起了。

第二天我回到那裡，闢了一小塊菜園，雖然當天沒有人和我說話，可是光是接近一些人，一些好人，就讓我覺得很舒服，好像冬天坐在火爐旁邊的感覺。

七月又熱又溼，大部分人都在傍晚過來澆水、除草。那時他們剛下班，而且有涼風吹來。我雖然沒有和任何人說話，可是四周都聽得見人們工作的聲響，簡直就像是在交談。有些人是去找朋友，看他們的菜園。我聽著他們的聲音，感覺非常安全。

有一天一個男人過來問我怎麼種辣椒，因為我種辣椒，跟韓國的農地一樣。

那是第一次有人跟我說話，我高興得幾乎說不出話來。

那個男的名叫山姆，是美國白人，和每個人都有話說。他很聰明，大家都在為送水抱怨連連的時候，他辦了一個比賽。他說既然大人沒辦法解決問題，不如讓小孩去試試看。於是他拿出二十美元當獎金，向十二歲以下的小孩徵求最好的解決辦法。他把這個主意寫在紙上，貼在人行道旁邊的柱子上。

距離比賽時間還有一個星期。正在過暑假的小孩過來看到公告，便四處告訴朋友。到了星期六，每個人都帶了一個點子來。山姆準備了一個木箱，讓每個小孩站在上面發表他的想法。

一個女孩住在菜園旁邊的公寓裡，她說她可以打開窗戶，人們遞水桶給她，她就幫他們裝滿水。她母親聽了就插嘴說，不行，那要繳多少水費呀。有個男孩說可以從消防栓取水。另一個說，大可以從伊利湖引水過來。

點子很多，山姆會針對每一個點子說明所需要的花費。

接著一個非裔小女孩說，讓雨水沿著管子流到裝垃圾的大桶子裡。每個人都張大了眼睛，菜園四周的公寓牆壁總共有三條管子，只要拿掉管子最下面那一截就可以了。山姆把二十美元頒給這名女孩，每個人都鼓掌。有些人還捐錢購買桶子。

第二天下了大雷雨，水桶幾乎都滿了。小女孩也過去看，得意極了。有人帶來三個舊鍋子，好從桶子裡取水，可是不方便倒進窄口的容器裡。我立刻去商店買了三個漏斗，這樣子要裝水就容易多了。

那天我先是看到一個男的用我的漏斗，接著是一個女的，然後又有很多人用。

我心裡好高興，感覺自己是菜園的一分子。這裡幾乎就像是一個大家庭。

第九位　克狄斯的話

三角肌——嚇人吧。胸肌——看仔細。股四頭肌——真材實料。生來就是這副身材，沒辦法，而且從住的地方走幾步路就到卡普健身房了。人們愛叫我大力士或塞普我也沒輒。塞普是拜塞普的簡稱，意思是肌肉發達。事實上，這名字是我自己取的，不過那時拉提夏還沒有把我甩掉。

我們之前進展得還不錯。她比我大幾歲，動不動就提到結婚生小孩，或是要住鄉下的大房子，跟她密西根的姨媽家一樣。我沒有把她的話當一回事，那時我才二十三歲，憑著這副身材，有不少女孩對我有意思，其中有幾個還真是死纏著我不放。後來拉提夏知道了，竟然當著我的面用力甩門，甩得連門漆都龜裂了。

人總是要等到失去時，才會知道曾經擁有的美好。那是五年前的事了，我現在已經可以了解她的心情，也不再和女孩子鬼混。她在找一個丈夫，我現在也在找一個妻子。

我在五月從辛辛那提搬回來，當天就直奔她哥哥家。得到的消息是，她還是單身，仍然住在之前的三樓公寓裡。可是我在街上碰到她時，她馬上就轉身走開，不肯聽我解釋。兩次都這樣，根本沒有機會說話。我決定改變做法，用行動證明給她看。

她住的公寓就在菜園的對街。於是我在人行道的旁邊，她從窗戶往下看就可以看到的地方圈了一塊地，然後買了六棵用塑膠容器裝的小蕃茄苗回家。

她非常愛吃蕃茄，會切一大片放在麵包上，說那樣就是三明治。她甚至會直接拿來啃，就像吃蘋果一樣。她還經常談到小時候在姨媽的菜園裡摘了就吃的情形，以及多麼希望有一天也能種一種。她可能以為那些話我早就忘了。我要在那裡種蕃茄，讓她親眼看到，知道我沒有忘記，而且還在等著她。

我選的品種是果實最大的牛蕃茄。我想像它會跟交通訊號燈一樣明亮，在她過街時對著她閃爍。我以前沒有種植過，一種就入迷了。每天都會有新的發現。起先是花苞，後來長出黃色的花朵，蕃茄就長在花的後面。

一個沒有牙齒，戴著草帽的老先生教我怎麼把植物綁在木樁上，另一個人告訴我蕃茄會染上的疾病，這讓我很擔心，萬一它們全部枯萎，或是染上蟲害，都死光光了呢？那可不是我想給拉提夏看到的訊息。

我開始一下班就直接過來照料，像別人教我的，檢查每片葉子的洞，剔除小蟲，拔掉野草，再施加許多名叫蕃茄食的肥料。

原本像玻璃珠大小的綠色蕃茄開始長大，有一天變成橘色，後來就轉紅了。我不斷注意拉提夏的窗戶，希望她也注意到了。可是會往這邊看的只有一些在她樓下廝混的酒鬼。

雖然那家小酒店的門窗已經釘上了木板，他們還是喜歡抱著酒瓶，在那裡聚集。他們老愛叫我「農奴」、「佃農」，問我老爺的農作物長得怎麼樣了。我大可以把他們打得滿頭包，叫他們閉嘴，可是我沒有。這是「蕃茄行動」的重要部分。

我要讓拉提夏知道，我肌肉發達並不表示我愛打架鬧事。我不再去健身房，也不再光著上身出門，不管天氣有多熱。有些小女生經過時看到我在那裡，她們會說「帥斃了」，我知道她們指的是我，可是我會裝蒜，指著最大的蕃茄回答「當然囉」。

我的死黨看到我在那裡都笑死了，他們不再叫我賽普，開始改叫我蕃茄。我只是笑一笑，什麼也沒說。

那些蕃茄長得跟撞球一樣大了。有一天檢查時發現，長得最大、我最重視的那一顆不見了。第二天又有一個失蹤。這絕對不是昆蟲幹的好事。我氣極了，它們根本還沒有完全長熟。人行道旁邊實在不是個好位置，我在四周圍起鐵絲網，連上面也圍起來了，可是如果有人要偷，還是可以把手伸進去。我沒辦法整天看著，幸好洛依斯及時出現。

地上有麵包掉下，鳥兒自然就會飛來，菜園的情況也是一樣。人一個個冒了出來，不知道他們是打哪兒來的。洛依斯也是，只是他不希望有人知道他在那裡。

一個園主發現她割下來堆在旁邊的草在地上鋪平了，上面似乎有個人形。洛依斯就是在那裡過夜的，而且一早就離開了。有天早上他睡晚了，被我逮到。他才十五歲，是黑人，體格魁梧，跟我以前一樣。他的臉被揍得青一塊紫一塊的，他說是他老爸幹的，還把他趕出門。他不想回家，我於是買早餐給他吃，和他達成協議。

我幫他找了一個可以待的地方，那裡靠近我的蕃茄，而且有別人的玉米遮住，警察不會看到他在那裡落腳。我還買了一個新的睡袋給他，也給了那星期的飯錢。

然後我在一家收破爛的店，花三塊錢弄來一支耙子。他答應為我做的就是，一看到或聽到有人亂動我的蕃茄，就拿著耙子衝出來趕他們。

這是在晚上保護蕃茄的最好方法。

至於白天，因為洛依斯不在，所以我漆了一個木牌，上面寫著：「拉提夏的蕃茄」。木牌很大，就插在園子的前面，面對著人行道。

一般人知道某件東西是屬於某個人，而不是市政府或聯邦政府時，會比較不敢去動它。

木牌在地上插好後，我去汲水，回來時又抬頭看了看拉提夏的窗戶。就在蕾絲窗簾的後面，她的臉沈靜如貓，正在俯視那個木牌。

第十位　諾拉的話

我總是盡量帶邁爾茲先生出去走一走，呼吸新鮮的空氣。我不知道其他的看護是什麼個做法。也許是因為我是英國人，以前在英國常常看到母親推著嬰兒車，迎著冬日的強風散步。一方面或許也是因為常看到父親坐在火爐邊不動，跟植物一樣。「我們不能還沒有死就停止過活。」我經常對邁爾茲先生這麼說。

在一個盛夏的早晨，我推著他的輪椅走上吉布街，我們以前都沒有來過這裡。老實說，這裡的景象不太能振奮人心。兩旁的商店似乎空蕩蕩的，邁爾茲先生應該還記得這裡以前熱鬧的情形。他的房東太太說，他在許多年以前住過這裡。

自從二度中風之後，他就不能說話了，沒有辦法告訴我他的事情，對我來說，他完全是個謎。近來他對這個世界的興趣已經大幅降低，我有時會在商店的櫥窗前面停下來，讓他看看自己——他的頭長得像非洲酋長一般尊貴——卻往往發現他睡著了。

我想他的日子可能快過完了。然而，那天早上穿過人行道時，他卻突然舉起手臂。

他想停下來，我立刻聽從他。我們左邊是一大塊空地，有一些熱心的志工種了一些植物。我們停了幾分鐘，看到兩名非裔女性在鋤地，我正要繼續往前走，他卻又立刻舉起手臂。我走到他旁邊，注視著他。他扭著身軀，指著前面的菜園。

我把輪椅轉向，推回剛才的地方。我想他正在張開鼻孔，吸收泥土的氣味。我們到了空地之後，他用手勢要我推他進去。一走進狹窄、坑坑洞洞的小徑，他的眼、鼻就忙碌起來，有一些熟悉的氣味牽引著他。他是一條鮭魚，正在逆流泅泳到過去。

第一天我們只是參觀那些人工作。我們穿行的地方簡直就是一個迷你小鎮，有的通道鋪著磚塊，有些田地的邊緣圍著花朵，有些則顯得很隨性。有一個菜園用汽車門當出入口，裡面用彈簧床面代替支架讓豆藤攀爬，還放著蜂鳥餵食器和烤肉架，工作用的帽子則掛在釘子上。

每一塊菜園都充滿著家庭氣氛，讓我非常著迷。

我暗自決定，邁爾茲先生不能只是在旁邊觀望，不管他是不是坐在輪椅上。

這件事一直在我的腦海裡打轉。兩天之後，開車去他的公寓途中，我先去菜園卸下一個大塑膠桶和鐵鍬。一小時過後，我推他過去，用我的小刀在桶子底部挖出排水的洞，然後用鐵鍬把土裝進去。我帶了許多袋植物的種子，邁爾茲先生對菜種看也不看，一下子就選了花種。他是否回憶起母親的花園了？他的過去是無法知道的。

我把他推得儘可能靠近桶子。經過三十分鐘，他已經種下蜀葵、罌粟和金魚草。回家的路上，他一直聞著手指上的泥土味，顯得心滿意足。

那一小圈花壇變成我們倆的第二個家。園藝很無聊？才不呢！其中有懸疑、悲劇，也有驚異的進展，是一齣從地上長出來的連續劇。看到一簇嫩芽冒出來，那種興奮之情是我遺忘已久的。

邁爾茲先生會以他阡陌縱橫的黑色臉龐凝視滑嫩幼苗。一方是即將離開這個世界，另一方則是剛降生到這個世界來，此情此景，真是令人感動。他的眼睛恢復了一些生氣，而且在澆水、除草時全神貫注。

我忽然想起一件事，古埃及人給精神病患開的處方是在花園裡散步，我們每天不就是在服用這帖洗滌心靈的良藥嗎？

我們在那裡相當孤立，遠在一個角落裡，最常見的訪客是貓。牠們是被魚的味道吸引來的，因為有個小孩模仿坐五月花號輪船來的祖先，把沙丁魚骨連同種子埋在附近的地裡面。

可是後來下了一陣雷雨，解除了我們的孤立狀態。那天下雨時，其他園主都往同一個方向跑去，好像在進行消防演習。我們跟著他們，來到一家鞋店的屋簷下，那裡顯然是他們習慣的避雨所在。狹小的空間使我們擠在一起，才十五分鐘，我們就認識了所有人，知道他們是菜園的常客。

這些人大部分是老年人，種的多半是他們故鄉的植物，例如中國的大西瓜和薑、墨西哥菜用的胡荽、牙買加人叫做卡拉洛的莧菱葉等等。

比手劃腳可以克服語言障礙，更何況我們還有許多共通點，例如天氣、害蟲、在同一個地方種植，以及對植物的愛心。我們如果兩、三天沒有來，人們會在我們出現時，探詢邁爾茲先生的健康情況。如同我們種植的種子，我們已經在菜園裡生根了。

我把這些事情告訴外地來的訪客，並且帶他們去參觀瞭望塔。上到四十二層樓高的觀景台時，我發現那塊在種植的人眼裡很廣闊的菜園都被高樓擋住了，從這裡根本看不見。我看看四周的觀光客，他們對那塊地一無所知，還自以為看到了整個克利夫蘭市。「各位，吉布街菜園就在那裡！」我得克制住想指著那裡，大聲告訴他們的衝動。

第十一位　瑪莉賽拉的話

如果你是墨西哥人，古巴人和波多黎各人都會用白眼看你，因為他們認為你是非法偷渡來的，而他們並不是。其實他們如果能夠用走的入境美國，他們也會這麼做。還有如果你是青少年，整個世界都會討厭你。而如果你是懷孕的少女，人們更會認為你應該被處火刑。我是墨西哥人，也是懷孕的十六歲女生，不如給我一槍，一了百了。

如果你真的殺了我，我也不在乎，反正我的心早就死了。我之前可是辣妹一個，誰知道一懷了小孩，就胖得跟相撲選手一樣。我輟學了，沒有派對可以參加，也沒有人找我出去，包括那個讓我懷孕的混蛋。

我的父母氣極了，他們希望我能夠畢業，可是說到墮胎或把小孩送人收養，他們卻死不答應。他們對生小孩這件事有點興奮，都很喜歡小孩。我可不。他們開始每天晚上為我的分娩禱告，我自己倒是一心巴望著流產。

我和同校的兩個人一起去參加市府為懷孕少女推行的計畫。他們開車載我們去看醫生，幫我們在家裡做功課，一切都很不錯，除了那個叫做潘妮的女人。她看到社區的菜園，馬上就想到把種菜編進計畫裡面，讓我們去練習照顧生命，目睹「生命的奇蹟」，免得我們把小孩生吃了，或是把他們丟進垃圾堆。

因為夏天已經過了一半，她叫我們栽種長得比較快的蘿蔔，我們三個人卻都很討厭蘿蔔。可是小嫩芽一長出來，就有松鼠什麼的過來破壞，生命的奇蹟也被打上了休止符。我沒有告訴潘妮，我希望肚子裡的小孩也被什麼給吃了。她老是那麼愉快，我哪裡說得出口。她不會嘔吐，也沒有腫得像條肥豬，當然可以一直面帶微笑囉。

蘿蔔之後是南瓜，然後是莙薘菜，沒有人知道這東西要怎麼吃。我已經懷孕七個月了，彎腰實在是很痛苦的事，我們都一直抱怨，可是潘妮只是笑著不說話。我們三個人都把在菜園幹活說成當「鐵鍊囚犯」。泥土會跑到指甲縫裡面，實在是很噁。

有天傍晚，瑤蘭達折斷了兩枚漂亮的指甲，那是她花了許多錢修飾過的，氣得她大聲咒罵了整整十分鐘，潘妮卻沒有叫她閉嘴。後來一個女人過來，針對「禮貌」這個詞對我們說教了一番。我真不敢相信我的眼睛，這女人是我小學三年級的老師——芙蕾克小姐。我暗自希望她不會認出我來，可是她自然是認得我的，而且照例問了我一堆問題。我應該把答案寫在卡紙上，一問就可以拿出來應付。

第二週，有個男的從窗戶丟出一個鋁罐，差點打到我的頭。芙蕾克小姐判斷出那個人住哪間公寓，一上去就把他罵得狗血淋頭，跟罵小孩一樣。她把整個世界都當成她的教室了。

許多人基於各種不同的原因來到我們的菜園。一個波多黎各小男生的三棵南瓜藤一直爬到我們的園子裡，這給他有藉口從我旁邊經過，去跟朵洛莉說話。朵洛莉才十五歲，長得很漂亮，還沒有懷孕的跡象，我等不及看到她的肚子變大。

有時候會有一個黝黑的傢伙用跑的穿過我們的菜園，他就是不肯花時間繞路。他種萵苣，或者應該說是試著去種，因為大部分都死掉了。他都開計程車快速衝過來，再緊急煞車，好像教宗突然在他面前出現，然後越過我們的南瓜，採一把萵苣，用一個水桶裝著，就又跑回去，急速地把車開走，留下很多胎痕。

有很多人經過時會給我們東西，譬如他們自己種的蔬菜，他們認為我們三個應該多吃，可是我後來都會把菜送掉。有些人建議我們怎麼種那個鬼萻蓬菜，以及怎麼生養小孩，他們一說起這方面的事，我就心不在焉了。

八月的某一天，只有我和潘妮在。一個名叫里歐娜的女性黑人也有個園子，她過來跟我們說話，給我一束她種的花。那是一種黃色的花，她稱為秋麒麟草，據她說，泡茶喝對生產有好處。她知道我並不想懷孕，所以跟她我就說得出口了，不過那天實在是太過於溼熱，我沒有心情聊天。

菜園四周的公寓窗戶都打開了，聽得到各種電視頻道和廣播節目的聲音。暴風雨要來，雷鳴逼近了，突然發出砰的一聲響！所有的電視和收音機一下子都啞了，電燈也熄了。停電了。

菜園裡寂靜無聲，靜得好奇怪。我看了一看四周，附近一位老先生正在慢條斯理地採摘黃瓜，好像什麼事也沒有發生。

「整個城市都癱瘓了，可是菜園還是維持原樣。」里歐娜說。

她還說植物為何不需要電力或鐘錶，整個自然界都是這樣。大自然只靠日光、雨水和季節維繫，而我也是這個體系的一部分。這些話讓我暈眩了半晌。

我的身體也是自然的一部分，我和熊、恐龍、植物，以及長了一百萬年的生命有關係。我領悟到，這個生命體系是這麼的古老、強壯。她說不需要為身為自然的一部分感到羞愧，那其實是很光榮的一件事。

我盯著南瓜，那就是一個世界，我似乎可以見到它的葉子和花在生長，在變化。我還感覺得到那股怪異的暈眩，就在那一刻，我打消了希望寶寶死掉的念頭。

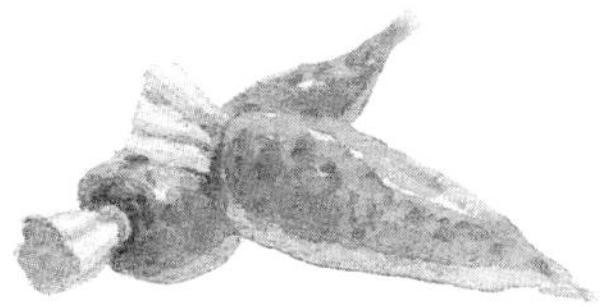

第十二位

阿米爾的話

我們印度有很多巨大的城市，和美國一樣，你在那裡也只是幾百萬人中的一個，可是至少你會認識你的鄰居，而在這裡，你就沒辦法這麼說了。在美國有一個規矩，就是要盡量避免和人接觸，把每一個人都當成仇敵，除非他們是你的朋友。這裡就像是有無數隻螃蟹住在無數個岩石縫隙裡。

第一次看到那塊菜園時，它是那麼綠油油的，被磚砌建築物包夾起來，讓我聯想到小時候家裡的波斯地毯，上面有藤蔓、河流、瀑布、葡萄、花壇、小鳥，以及一切沙漠居民所嚮往的東西，簡直就是一個可攜帶的花園。德里在夏天很炎熱，我會和姐妹躺在上面，設法把自己塞進那個世界裡。

菜園的青綠就跟那塊地毯的深藍一樣，讓眼睛很舒服。我對色彩很敏感—我經營一家布店。可是，我覺得菜園最大的好處並不是讓眼睛休息，而是讓眼睛看到鄰居。

我種茄子、洋蔥、紅蘿蔔和花椰菜。到了八月，茄子就變成淡紫色，一種奇特的色調。內人帶小兒子過來時，他總是想要去摘茄子。整個菜園裡只有茄子有那種顏色。

很多人就為了茄子過來問我問題，和我交談。我認出其中有些人就住在我家附近，他們之前從來不會跟我說話，現在卻變得這麼的親切。是茄子使他們有藉口打破不和人接觸的規矩，打開了話匣子開始和我溝通。他們似乎很高興找到這個藉口，好讓他們表現出友善的天性。

談話使我們聯繫在一起。盛夏時，有人趁著夜色，在菜園傾倒了一堆廢棄輪胎，好像這裡還是垃圾場。有四排還沒有熟的玉米就這樣被壓壞了。

在一個小時之內，我們就把所有輪胎都堆在人行道的旁邊。從此以後，我們就習慣互相幫忙。幾個星期之後的一個傍晚，一個女人高聲尖叫，就在菜園前的街道上，一個男的拿著刀子搶了她的皮包，馬上就有三個人從菜園跑出來追歹徒，我就是那其中的一個，這個舉動連我自己也很驚訝。

更令人驚訝的是，我們居然逮到那個男的。洛

依斯用他的耙子把他抵在牆上，直到警察趕到。我問了另外兩個人，他們也從來沒有追過罪犯。如果事情不是在菜園附近發生，我們恐怕也不會這麼做。唯有在那裡，你才會覺得是社區的一分子。

我是在八〇年代來到美國的。克利夫蘭是一個移民的城市，從波蘭來的人最多。我常聽說，波蘭的男性是刻苦耐勞的鋼鐵工人，女性最喜歡煮包心菜。可是來種菜之前，我一個波蘭人也沒有見過。

她是一位老婦人，園子就在我的旁邊。她要走七個街區才能抵達菜園，路徑正好和我一樣，所以我們經常聊天。

我們種的都是紅蘿蔔，當一壟地上有許許多多的嫩芽長出來時，她並不疏苗，這讓我很驚訝，因為每隔一段距離只留最健康的一棵，其他的全部拔掉，才能有足夠的生長空間。

我問她為什麼，她低頭看著嫩芽，回答說她知道應該這麼做，可是這個舉動總是讓她想起集中營的經歷，那裡的囚犯每天早上都要接受檢查，然後分成兩排——可以活的健康人和要處死的人。她父親是交響樂團的小提琴手，因為說了反德國的言論，一家人全部遭到逮捕。

聽到她這些話我才明白，我聽說那些有關波蘭人的話是多麼的荒謬。真正的波蘭人隱藏在那些傳言裡面，就像一顆杏仁被無謂的硬殼給包了起來。我依然不知道她煮不煮包心菜，也不在乎了。

洛依斯的事情也在菜園裡傳開來。他的年紀還很輕，而且是黑人，看起來相當兇惡。大家總是防著他，好像只有他不在菜園時才安心。後來他待在菜園的時間越來越長，我們才慢慢知道他有口吃的毛病，有兩個姊姊，很疼愛在菜園晃蕩的貓，而且雙手很靈活。很快的就有許多母親帶東西來給他吃。

好奇怪，幾個禮拜以前，看到他走過來就會穿過馬路走開的人，現在會送他蔬菜，分量多得他一個人也吃不完。而他給大家的回報就是為生病不能來的人澆水，或是修修籬笆，幫忙做一些雜工。他會幫你除草，或是從街區拆除的建築物撿來磚塊，為你在園裡鋪地，而且還假裝不是他做的。

那真是叫人驚喜，被選上的人會覺得無比的榮幸。自從那件耙子的義舉之後，他就受到大家的信任和喜愛，而且也變得有名了。他不是黑人少年，他是洛依斯。

九月時，他和一個墨西哥男人從街上收集了很多磚塊，做了一個烤肉的大爐子。

有個星期六我正在園子裡，那個墨西哥家庭開來一輛卡車，後面載著一隻烤肉用的豬。他們生了火，把豬用一根很重的鐵棍串起，就開始烤了。不久他們的朋友陸續到來，其中一個帶了吉他，另一個拉小提琴。

他們在一張折疊桌上擺滿了食物。或許他們之中有人過生日，也或許開派對根本不需要理由。

那天天氣晴朗，陽光普照，但是並不熱。秋天才剛開始，菜園正從翠綠轉為棕黃。在菜園裡工作的我們也感染到派對歡樂的氣氛。烤豬的香味四溢，把所有人都吸引過來，不管是不是種菜的人。菜園裡很快就充滿了人群。

這是一個豐收慶典，如同印度的一個節日，只不過沒有事先籌備。人們紛紛帶來食物和飲料，也有人帶鼓來。

我也回家把內人和兒子帶來了。從菜園採摘的西瓜被切成片，園主都很自豪地展示他們種植的成果。跟之前一樣，我們互相交換收成，或者送人品嚐，連我這麼一個生意人，向來只想賺錢，不平白無故給東西的人也是。菜園提供了很多藉口，讓人

打破那一條規矩。

那天有許多人跟我談話，問我從哪裡來。我不知道他們對印度的認識會不會比我對波蘭的認識多。

有位老婦人，我猜是義大利裔的，她說她已經欣賞我的茄子好幾個禮拜了，很高興能夠見到我。她對我的茄子讚不絕口，還告訴我怎麼煮，並且詢問我家人的事情。

看到她時，我覺得有點怪怪的，後來才想起來，原來一年前她曾經在我的店裡抗議說找給她的錢不對，收銀小姐迫不得已，還叫我過去處理。她那時氣得不得了，明明自己說英語也有外國口音，卻罵我「卑鄙的外國人」。

既然我們已經混熟了，說開了也無妨，我於是提起了這件事。她睜大眼睛，不斷跟我道歉，一直重複說：「以前，我不知道那是你……」

第十三位

佛羅倫斯的話

我的曾祖父母一路從路易斯安那走到科羅拉多，那是一八五九年的事。他們倆都是被解放的奴隸，想要盡量遠離種棉花的土地，越過山脈之後才感到安心，然後就在甘尼森河沿岸安頓下來。那裡就是祖父、父親、姊姊、妹妹和我出生的地方。我們一家是那個地區第一個黑人家庭。父親把曾祖父母稱為「撒種人」，因為他們是我們家最先在那裡紮根的人。

看到有人在吉布街的菜園種菜，我就想起了他們。那些人也是撒種人。我說的是第一年，在還沒有裝設水龍頭、水管，也還沒有蓋起工具房，鋪上新土的時候。那時房東也還沒有對可以俯瞰菜園的公寓加收房租。

如果我的手沒有關節炎，我也會加入種菜的行列。在鄉村長大的我，依然懷念著鄉村的景物。外子是在這裡出生的，他不知道乾草地的氣味，不曉得現採的豆子和店裡買的味道有什麼不同。我一直都在觀看，這麼做的人可不只有我一個。我看過其他人站在公寓的安全門或人行道上看，就跟我一樣。有一天我猛一抬頭，看到有個頭在窗戶裡一進一出的，原來是一個男人坐在搖椅上，他把菜園當成電視在看。

我祖母從小就保存著一本名言選集，裡面有一句話說：「不可孤獨，不可懶惰。」以前在圖書館工作時，要做到這一點很容易，可是退休之後，就變得很困難。所以我會盡量每天去散步，而就是在散步途中，我發現有人在開墾那塊地。我經常在那裡停下腳步，看看有什麼進展。我只是在旁邊觀看，卻很以那個菜園為榮，好像那是屬於我的。除了引以為榮的心情，我也願意保護它。我曾經看到一個男的在人行道上把手伸到某人的籬笆裡，想要採蕃茄，那時我氣得要命，出聲說：「你在幹什麼！」他縮回他的手，回說他以為這是公家的菜園。

每次到了秋天，看到菜園變成一片棕黃，越來越少人在那裡，我就會覺得難過，第一年的感覺尤其強烈。看到那麼多人願意為自己種植食物，而不是排隊領取補助金，這樣的轉變真是太棒了。而且還可以看到這一帶的景觀一天比一天好，聞到植物生長的味道。

秋天一來，綠色就逐漸消失，慢慢的開始下霜。經過時會聽到乾枯的玉米莖颯颯作響，好像在風中顫抖。南瓜是唯一餘留下來的顏色，但是沒多久男孩子就會把它們賣了。有些人會剪下枯萎的莖枝，埋進泥土裡。還有些人則是用枯葉掩蓋他們的土地。可是一旦做完了這個工作，就全部結束了。到了十一月，就只有貓會在那裡逗留。

那年冬天非常冷，冷得跟科羅拉多一樣。菜園也被白雪覆蓋，只有籬笆頭凸出來，讓你在經過時一直回想七月的景象。十二月時，有人在那裡立了一棵聖誕樹，那棵樹就這樣一直待到三月。在那些日子裡，很難分辨究竟是幾月了，因為每天都是冷颼颼的冬天。那樣的天氣讓我好一陣子都不能出去散步，好不容易等到可以出去，經過菜園時，明知沒有東西在長，我還是會忍不住放慢腳步仔細觀看。有時候會有個種菜的人在那裡，不過他也只是看看而已。

從伊利湖看不到加拿大，可是你還是知道它在那裡。春天也是一樣，你得抱著信心，尤其是在克利夫蘭。四月下雪總是讓人心傷，我記得那年我們遇到兩次四月雪，等待雪融就像是在等待冰河移動。終於雪完全消失不見，地面露了出來，還有去年的落葉，好像書籤，在告訴你上次看到哪裡了。能夠再度出門是莫大的喜悅。不用穿著厚重的大衣和靴子走路，感覺好像在飛。可是菜園還是空蕩蕩的，我好失望。現在種東西可能還太早了，我卻開始懷疑是不是還會有人來。也許沒有人對園藝有興趣了，也有可能市政府把這塊地封鎖起來，或者把它給賣了。我好擔心。有一天再經過時—有人在挖地了！

那是一個幼小的東方女孩，手上拿著泥刀和用塑膠袋裝的利馬豆。我好像沒有見過她，不過那沒什麼關係。我心中的歡喜彷佛見到了春天的第一隻燕子。然後我抬頭，看到那個坐搖椅的人。

我們互相揮手，久久不停。

訪談作家 Q&A

Q1

撰寫《撒種人》的想法是從何而來？

我撰寫的書籍靈感多來自於報紙。這本書的靈感來自於一個當地的心理學家，撰寫了一篇關於園藝治療的故事。所以我開始構思，並有很多想法產生。突然間，我意識到我想創作的不只是一個個人小花園，而是一個屬於眾人的社區花園。所以故事中從一個孤立的小花園，因鄰居集聚在一起而成為一個社區。

Q2

這本書的內容是否有部分來自你個人的經歷？

我的父母算得上是真正的農夫。他們曾種果樹取代草坪，甚至種過麥子。我的母親曾在退伍軍人醫院的花園裡，教傷兵如何種植植物。故事中的諾拉和我很像，而故事中的賽揚也有我的影子，我也喜歡人們圍繞在一起的感覺。或許我也是小靜，因為在撰寫期間，我的母親也過世了，我很希望我的母親能讀到我撰寫的這個故事。

Q3

你為這本書做了什麼調查？

其實我從來沒住在克利夫蘭這個區域，也沒有遇到像情節一樣的社區花園。所以我去參觀了其他花園，做了一些筆記，時而自問自答。我在克利夫蘭讀了一些書，認識一些新移民人士，並且好好調查這些人的背景，還有認識園藝。作家總是學著如何找到他們需要的資訊。

Q4

你是怎麼決定這本書的書名？

「撒種人」這個詞其實是我記得很久的詞彙，我想我應該是在閱讀某本書時突然認識這個詞。所以當時閱讀還特別記錄著，計畫要用在一本特別的書上—採訪記錄來自世界各地的第一批移民美國的人。

Q5

為什麼會想要從眾多人物觀點的角度寫故事？

多人物視角的想法我在很年輕時就有想過，不過不是用在故事，而是用在音樂上。在出版這本書以前，我撰寫了演講者說的兩份詩集，之後還寫了南北戰爭的故事。而常出現在小說中多重視角的寫作手法，我是第一次運用在兒童文學上。這其實已經很常見的寫作手法，這手法的優點，是作家可以利用不同的聲音展現不同角色的觀點，並且呈現一種不可預知，又能千變萬化的表面給讀者。

跟著想一想

1.

在書中，人們同住在近鄰咫尺的社區大樓、公寓裡，但是起初彼此相見不打招呼，互不關心。這是為什麼呢？

2.

在書中，十三個不同的角色，因為不相同的原因開始參與空地上的種植，請問他們分別是因為什麼理由呢？

小靜⬇

安娜⬇

溫德爾⬇

功扎洛⬇

里歐娜⬇

山姆⬇

薇吉爾⬇

賽揚⬇

克狄斯⬇

諾拉⬇

瑪莉賽拉⬇

阿米爾⬇

佛羅倫斯⬇

3.

呈上題，每個角色分別因為參與了空地種植而有所獲，請寫下你印象最深的角色，以及他面臨的挑戰與改變。

4.

你覺得書中的社區產生了怎麼樣的改變？如：互不相識到會一起逮住搶劫犯。為什麼會有這樣的改變呢？

5.

請畫下你所居住的社區分布圖，空地、公共空間、植栽等。並標示出你所居住的房子，如有認識的鄰居，也可以把他居住的房子標示出來。

想一想，你覺得社區欠缺什麼？

6.

如果你也能在書中的空地種植，你會想種什麼呢？為什麼呢？

試著想想自己的成長與週邊環境，有什麼啟發你想要種出這樣的植物。

請試著畫出你想種的植物。

國家圖書館出版品預行編目資料

撒種人／保羅．佛萊希曼（Paul Fleischman）作；紅膠囊繪；李毓昭譯. -- 四版. -- 臺中市：晨星出版有限公司，2021.05

面；　公分. --（愛藏本；108）

譯自：Seedfolks.

ISBN 978-986-5582-48-7（平裝）

874.596　　　　　　110004475

輕鬆快速填寫線上回函，
立即獲得晨星網路書店50元購書金。

愛藏本108

撒種人
SEEDFOLKS

作　　者｜保羅・佛萊希曼（Paul Fleischman）
繪　　者｜紅膠囊
譯　　者｜李敏昭

責任編輯｜呂曉婕
封面設計｜鐘文君
美術編輯｜曾麗香
文字校對｜呂曉婕、蔡雅莉

創 辦 人｜陳銘民
發 行 所｜晨星出版有限公司
行政院新聞局局版台業字第2500號
法律顧問｜陳思成律師
總 經 銷｜知己圖書股份有限公司
地　　址｜台北市106辛亥路一段30號9樓
TEL：(02) 23672044 / 23672047　FAX：(02) 23635741
台中市407工業30路1號
TEL：(04) 23595819　FAX：(04) 23595493
E-mail：service@morningstar.com.tw
晨星網路書店：www.morningstar.com.tw
郵政劃撥｜15060393　知己圖書股份有限公司

印　　刷｜上好印刷股份有限公司

初版日期｜1990年02月01日
四版日期｜2021年05月15日
定　　價｜新台幣１９０元
ISBN 978-986-5582-48-7

SEEDFOLKS by PAUL FLEISCHMAN
Copyright:© Paul Fleischman 1997
This edition arranged with Jill Hughes through Big Apple Agency, Inc., Labuan, Malaysia.
Traditional Chinese edition copyright:
1990 MORNING STAR PUBLISHING INC.
All rights reserved.
Printed in Taiwan
版權所有・翻印必究
如有缺頁或破損，請寄回更換